El SECRETO DEL DRAGÓN

El Libro De La Serie Del Clan –Libro -2

Por: Lea Larsen

Copyright © por:Lea Larsen

Todos los derechos reservados. Ninguna parte de este libro puede ser usada o reproducida en ningún

de cualquier manera sin permiso por escrito del autor, excepto en el caso de citas breves incluidas en artículos críticos o revisiones

Índice

Capítulo Uno 4

Capítulo Dos 19

Capítulo Tres 27

Capítulo Cuatro 56

Capítulo Uno

Alana estaba más que harta de esa vida de lujo. Había estado atrapada en la habitación donde Llewellyn la había mantenido durante casi tres semanas. En ese momento, la única otra alma con la que se había encontrado (sin contar su acercamiento accidental con el círculo de dragones en su primer día en la mansión) era Llewellyn.

Una persona imperceptible siempre entraba en la habitación antes de que se despertara por la mañana para llevarle el desayuno, ropa nueva y toallas limpias para que pudiera ducharse. Los vestidos que le proporcionaba eran siempre hermosos; lindos vestidos de cóctel, algunos de ellos de seda. Todos eran preciosos y, tenía que admitir, se veían impresionantes en ella. Pero después de una semana de llevar batas de seda, empezaba a extrañar los pantalones deportivos y las camisetas.

Llewellyn vino a darle su almuerzo y su cena.

No era como si a Alana no le importara ver a Llewellyn. De hecho, sus visitas se habían convertido en la parte más memorable de su día.

Para su disgusto, no la había besado, ni siquiera la había tocado de nuevo, desde aquel primer día. De hecho, parecía estar evitando acercarse demasiado a ella.

Ellos hablaron, pero él siempre se aseguró de mantener una distancia segura. En lugar de sentarse a su lado en el asiento de la ventana, colocaba una silla al lado de la cama. Cuando le dio las buenas noches, se aseguró de guardar dos pies de distancia de ella. Y, desde esa primera noche, ella no había sentido de él nada como el beso abrasador que él le había puesto en la frente.

Por supuesto ella todavía anhelaba tocarlo y que él la tocara, cada vez que él le dedicaba esa media sonrisa que lo hacía lucir innegablemente sexy, cada vez que él estiraba su mano para alcanzar su vaso y ella podía ver sus músculos bien definidos bajo las camisetas demasiado ajustadas que llevaba. Eso era todo lo que podía hacer para no cruzar la habitación y abalanzarse sobre él.

Y, además, ella tenía la sensación de que él sentía lo mismo por ella. Ella había notado como la miraba siempre que hablaban. Ella había visto la mirada hambrienta que él le dio cuando se inclinó para hablar más cerca de él. Ella lo vio, apenas, casi imperceptiblemente, lamer sus labios cuando ella se estiró en su asiento, atrayendo la atención sobre la forma en que los vestidos que él le había dado se aferraban a las curvas de su cuerpo.

Lo que aún no podía entender era por qué, si él quería esto tanto como ella, y claramente lo hacía, él seguía alejándola.

Tenía la sensación de que, fuera lo que fuera, tenía algo que ver con ese ritual que él le había mencionado. Ella no le había pedido explicaciones sobre lo que realmente podría suceder en esta ceremonia. Y él tampoco estaba particularmente interesado en hablar sobre su coronación de luna llena.

Afortunadamente para Alana, él se sentía más que feliz comentándole sobre el resto de su vida como un Draig, que, según ella había aprendido, era la palabra que usaban para quienes podían tomar la forma de dragón. Y, eso era más fascinante de lo que ella podría haber imaginado.

"Entonces, supongo que... ¿Naciste con la capacidad de hacer lo que haces?", Preguntó un día mientras Llewellyn se sentaba a almorzar.

Estaba sentada junto a la ventana, masticando distraídamente un emparedado de crema de queso y pepino de la bandeja que él había traído. Él, como de costumbre, estaba sentado en una silla de respaldo alto e incómodo, a una buena distancia de ella.

"Eso es correcto", dijo. "No es algo que aprendas. Es ... algo que eres".

"Pero, ¿cómo saben los Draig si lo son cuando nacen?", Preguntó.

"La respuesta corta es que ellos no lo saben", dijo. "Sin embargo, de una pareja de Draig que se aparea, el hijo casi nunca nace sin la capacidad de cambiar. Pero, esto no se muestra hasta unos años más tarde".

"¿Cuántos años tenías cuando empezaste?", Preguntó con curiosidad.

"Para ese entonces tenía tres años", respondió. "Recuerdo que me sentía aterrorizado".

"¿Por qué?" Preguntó ella. "¿De alguna manera no decidiste hacerlo?"

Sacudió la cabeza con una leve risita.

"No funciona del todo así", dijo. "Mira, cuando somos niños, no podemos controlarlo. El cambio se nos viene encima cuando estamos asustados o particularmente enojados".

"¿Y cuál de las dos cosas sentías tú?" Preguntó ella.

Puso el emparedado que había estado comiendo en la bandeja y dirigió la mirada pensativamente hacia ella.

"Supongo que estaba asustado", dijo. "Honestamente no recuerdo ese momento muy bien. Estaba solo en mi cama, recuerdo que estaba lloviendo fuera. De repente, escuché ese sonido de trueno explosivo. Lo siguiente que supe fue que estaba volando sobre mi cama, mi nariz era larga y roja y había pequeñas llamas saliendo de mi".

"Es un milagro que no hayas incendiado la casa", dijo Alana.

"Las llamas eran muy pocas para causar un daño real en ese momento", respondió con un gesto despectivo de su mano. "Tuve suerte de que mi padre viniera poco después y pudiera calmarme. Pero, después de eso, no se me permitió salir de la casa durante años. No hasta que tomé lecciones sobre el control por parte de mi padre, y después de demostrarles a mis padres que podía dominarlo".

"Sé cómo se debe haber sentido la versión joven de ti", dijo. Había un toque de amargura en su voz que incluso ella misma podía escuchar. Y ella no hizo ningún intento de ocultarlo.

"Estar atrapado en tu casa. Sin saber realmente el por qué y sin saber cuándo te permitirían irte".

Los ojos de Alana miraron distraídamente hacia el castillo en ruinas. Ella ya conocía la vista desde su ventana casi de memoria ahora. Las piedras brillando a la luz del sol, la torre con una puerta y quién sabe qué había adentro. Pero, hacía mucho que había renunciado a la esperanza de explorar la estructura.

Cuando se volvió, Llewellyn la estaba mirando fijamente. Se preguntó si finalmente podría haberlo convencido de algo. Aunque ella no estaba segura de qué.

Lo que le había insinuado era la necesidad que tenía de poder salir de la habitación, por lo menos de noche. Llewellyn sabía que ella tenía razón. Esa expresión anhelante y melancólica en su rostro mientras miraba por la ventana era un tipo de mirada con la que él estaba demasiado familiarizado. Él no podía soportar verla así.

"Alana", comenzó vacilante. "¿Te gustaría salir esta noche?"

"¿Ir a dónde?" Preguntó Alana, su voz mezclada entre esperanza y escepticismo.

"Fuera del castillo", dijo haciendo un gesto hacia la ventana. Sintió que se le aceleraba el corazón cuando una brillante y radiante sonrisa se arrastró por su rostro.

"¿Estás seguro?" Preguntó ella.

"Por supuesto, sé que quieres verlo".

Por su parte, Alana sintió que su corazón saltaba en su pecho y latía de emoción. Después de tres semanas de nada más que leer y probarse ropa; tres semanas de contemplar con nostalgia el castillo en ruinas, finalmente iba a poder verlo. Tal vez incluso podría entrar en la torre. Tal vez podría escalar sus alturas y pararse en la cima mirando hacia los acantilados y ríos que se encontraban a cada lado de la torre.

Tal vez, Llewellyn lo escalaría con ella. Ese pensamiento hizo que su corazón latiera aún más rápido.

"¡Sí!", Dijo ella. "Me encantaría salir esta noche".

"Maravilloso", dijo. "Nos iremos justo después de la cena".

Con eso, se despidió de ella y salió de la habitación. Sin embargo, cuando Llewellyn bajó las escaleras, no pudo evitar preocuparse. Estar solo con Alana en una habitación era una situación distinta, que podía controlar.

Su habitación tenía mucho espacio y muchos muebles. Él podía mantener la distancia allí.

Pero, caminar con ella en el castillo, guiarla alrededor de las rocas antiguas, tomar su mano para ayudarla a subir las escaleras destrozadas en la torre, iba a ser otra cosa completamente diferente.

Suspirando, se recostó contra una pared en la escalera y rezó, a quienquiera que estuviera escuchando, para que pudiera pasar esa noche con el corazón intacto.

Capítulo Dos

La noche llegó mucho más rápido de lo que Llewellyn había esperado. Le había enviado una bandeja a la habitación de Alana con la cena. Por lo general, él mismo lo llevaba, pero esa noche pensó que sería mejor que no pasara más tiempo a solas con ella de lo que era absolutamente necesario.

Tal y como estaba planeado, salió de su habitación esa noche y se dirigió hacia la escalera que conducía a la habitación de ella, con algo más que un toque de inquietud. Cuando dobló la esquina de la escalera, una figura que lo acechaba a la sombra del sol lo detuvo en seco.

"Pensé que la cena de Arefol ya había sido enviada".

"Owain", dijo Llewellyn, soltando un leve suspiro de alivio al ver a su hermano. "No deberías saltar hacia mí de esa manera".

"Y tú no deberías pasar tanto tiempo como con esa chica", dijo Owain moviéndose hacia su hermano de manera amenazadora. Aunque Owain no era alto ni tan musculoso como muchos de los hombres de la tribu, Llewellyn sabía que no debía subestimarlo. Su hermano era tan astuto y calculador como cualquiera que hubiera conocido.

Así, Owain se parecía mucho más a su padre de lo que Llewellyn creía que pudiera ser. El padre de Llew y Owain sabía cómo obtener lo que quería y podía doblegar a cualquiera a su voluntad para poder obtenerlo.

A pesar de que Llewellyn era mayor, estaba claro que Owain se parecía más a su padre que él mismo. Un hecho que Owain señalaba con frecuencia. Un hecho que también hizo que el hermano menor deseara el trono del clan para sí mismo.

Las intenciones de su hermano se hicieron más evidentes por la forma en que Owain se movió hacia Llew ahora. La cabeza echada hacia atrás, el pecho hinchado, alcanzando su altura completa. Claramente estaba haciendo un intento de desafiar la autoridad de Llew.

Bueno, pensó Llew, si su hermano quería jugar ese juego, él también jugaría. Llewellyn avanzó hacia Owain estirándose a su altura máxima, que era casi cinco pulgadas por encima de la de su hermano.

"Lo que elijo hacer con la chica no es de tu incumbencia", dijo Llewellyn. Miró a los ojos de su hermano y esperó a que Owain retrocediera. Y diera un paso hacia atrás, inclinara la cabeza y dirigiera los ojos al piso como el hombre más joven siempre había hecho en sus pequeñas batallas de dominación.

Esta vez, Owain no dio un paso atrás. Miró a Llewellyn directamente a los ojos.

"Nuestra familia, nuestro clan, es mi preocupación", dijo Owain. "No te veré destruirlos".

"¿Y qué si Alana puede salvarlos?" Preguntó Llewellyn.

"Conozco tu teoría", dijo Owain. Crees que necesitamos sangre nueva. Crees que eso nos ayudará. No lo hará. Si te apareas con esta chica, diluirás nuestra sangre. Moriremos más rápido de lo que estamos muriendo ahora".

"No puedes saber eso", dijo Llewellyn.

"Sé lo suficiente", respondió Owain. "Esta pequeña chica le ha dado un vuelco a tu cabeza. Crees que, porque la deseas, deberías poder aparearte con ella. No importa lo que pueda significar para el clan. Para tu familia."

Se había cansado de este juego. Había escuchado todos los argumentos de su hermano en contra de tomar un compañero de Arefol antes. No le importaba escucharlo de nuevo. Manteniendo los ojos en su hermano, lo empujó para subir las escaleras.

Solo cuando Llew se dio la vuelta para subir la escalera, Owain volvió a hablar.

"Puedo evitar que te juntes con ella".

Llewellyn se detuvo en seco cuando la voz de su hermano subió por la escalera. Su sangre comenzó ponerse fría cuando se volvió para darle la cara a su hermano. Cuando lo hizo, éste llevaba una sonrisa engreída que Llewellyn conocía demasiado bien.

"Todos los textos sagrados dicen que necesitas una virgen para emparejarte", dijo Owain. "¿Qué pasaría si fuera a hacerle una pequeña visita a la Arefol en su habitación esta noche?"

"No te atreverías", dijo Llewellyn. Su voz salió como un gruñido bajo, sin su voluntad o aprobación.

"Lo haría", dijo Owain. Mientras la sonrisa se desvanecía de su rostro. "Haría eso y más para salvar a mi familia. Me pregunto si tu podrías decir lo mismo."

En un instante, Llewellyn se lanzó escaleras abajo. Antes de darse cuenta de sí mismo, descubrió que había empujado a su hermano contra la pared del pasillo. Sujetándolo con sus brazos contra la dura superficie.

"Si la tocas," gruñó Llewellyn, su cara a escasos centímetros de la de Owain. "Lo juro, te mataré. Seas familia o no".

Owain miró de manera desafiante a Llewellyn por un momento antes de bajar la cabeza y desviar la mirada en sumisión. Tan pronto como lo hizo, Llewellyn soltó a su hermano y le permitió alejarse.

"Bien, entonces", dijo Llewellyn al llegar a la entrada del pasillo. "Supongo que ya tengo mi respuesta".

Llew solo vio un indicio de esa horrible y maliciosa sonrisa en el rostro de su hermano antes de que el hombre más joven doblara la esquina y desapareciera.

Capítulo Tres

Alana paseaba ansiosa por el espacio entre el asiento de la ventana y su cama. Ya se había maquillado, se había rociado con una variedad de perfumes que Llew había dejado en el baño para ella y se había arreglado el cabello dos veces.

Recordaba haberse sentido de esta manera en casi todas las primeras citas en las que había estado. Esa inquietud, la sensación entre excitación y emoción. La única diferencia era que esto no era una cita. En realidad no lo era.

La verdad era que no estaba segura de lo que esto significaba para Llew y, además, no tenía idea de lo que él esperaba que fuera. A veces, por la forma en que hablaban, era como si estuvieran saliendo. Pero, otras veces, se sentía como si apenas fueran amigos.

De alguna manera, ella sabía que todo estaba relacionado con en ese misterioso ritual que él se negó a contarle. Bueno, pero ya ella ya no iba a seguir aguantando eso. Ella iba a sacarle la verdad sobre este "ritual" esta noche, así fuera lo último que hiciera.

De repente sonó un golpe en su puerta, ella saltó y, con un pequeño rebote emocionado, se movió para abrirla.

"Te ves hermosa", dijo Llewellyn al verla. Ella no pudo evitar sonrojarse al percatarse de su vestido de cóctel rojo y las zapatillas de ballet planas que había elegido para la ocasión.

"Supongo que no es bueno para escalar ruinas antiguas", dijo. "Pero, una vez más, nada en mi guardarropa lo es".

Ella se dio cuenta demasiado tarde de que él podría tomar eso como un insulto a su gusto en la ropa. Después de todo, ella supuso que era Llewellyn quien estaba escogiendo su hermoso vestuario. Lo último que quería hacer era que él creyera que era una desagradecida.

Por suerte para Alana, Llewellyn no pensó nada de eso. De hecho, estaba demasiado impresionado por la forma en que el vestido rojo abrazaba perfectamente sus curvas, deteniéndose justo en la rodilla. La forma en que la piel de su cuello brillaba a la luz del sol poniente que se movía a través de la ventana. Tan suave que casi podía estirarse y tocarla.

"Eres perfecta", le dijo y lo hizo en serio. Sin embargo, se dio cuenta de que, si tenía que evitar las trampas que temía, debería dejar de mirarla tanto.

"¿Nos vamos?". Él preguntó.

Ella asintió y él la condujo por la escalera y salieron por la puerta trasera.

Alana había salido así del castillo una vez antes. Cuando descubrió lo que realmente era Llew. Sin embargo, ese día, se había visto obligada a arrastrarse fuera tan silenciosamente como pudo. Y, su mente estaba tan llena de hombres que se convertían en dragones, que había habido muy poco espacio en su mente para cualquier otra cosa.

Ahora, este lugar lucía diferente. Más verde. Más seguro, supuso que era debido a que ella se sentía así, ya que Llew la había agarrado de la mano y la guiaba hacia las ruinas del antiguo castillo.

"¡Es tan hermoso todo esto, aquí!", dijo.

"Supongo que lo es", respondió.

"¿Lo supones?"

"Nunca he estado en ningún otro lugar", dijo encogiéndose de hombros. "Así que, realmente, no tengo ninguna otra referencia".

"¿Nunca has estado fuera de Gales?", Preguntó ella, entrecerrando los ojos con curiosidad. Él negó con la cabeza.

"Es demasiado peligroso", dijo. "A pesar de que ahora puedo controlar mis cambios, no se sabe lo que podría suceder estando solo en el camino. Cuando viajamos, vamos en parejas o grupos. Y, casi siempre por alguna misión del clan ".

"¿Como la de Cardiff?", Preguntó ella.

Él asintió su cabeza. Cuando se detuvieron en una de las piedras más grandes, miró hacia el sol poniente detrás de los acantilados en el oeste. La expresión que llevaba era de una triste desesperación. Casi como si estuviera atrapado.

Ella conocía bien ese sentimiento. Aunque, curiosamente, ahora que estaba ahí, no en su habitación, sino vagando por una ruina con Llewellyn a su lado, ya no se sentía atrapada. De hecho, se sentía más libre de lo que nunca se había sentido en su vida.

Alana cerró los ojos y se apoyó en una de las piedras que estaban de pie, las que alguna vez formaron el muro del castillo. Escuchó el torrente del pequeño arroyo que bajaba la colina, sintió la brisa en su rostro y pensó que, por primera vez desde que había salido de América, pudo haber encontrado un lugar al que podía pertenecer.

"¿Hay algo que quisieras ver en particular?" Preguntó Llewellyn, haciendo que ella abriera los ojos.

"Sí", respondió ella, recordando de repente la única cosa sobre la que había tenido más curiosidad. "Podríamos subir a la cima de la torre".

Llewellyn sonrió y le ofreció su mano mientras la conducía al antiguo arco de piedra que una vez había sostenido una puerta. La condujo escaleras arriba escuchando sus pequeños pasos resonando contra las rocas.

Finalmente, llegaron a la cima de la torre y miraron hacia las montañas y los acantilados que estaban más allá.

La pusta de sol estaba muy avanzada, por lo que el sol se entrelazaba en una mezcla de tonos naranja, amarillo, púrpura y rosa.

"Wow", susurró, corriendo hacia el borde de la torre.

Llewellyn escuchó su jadeo una vez más cuando se inclinó y miró hacia el valle debajo de ellos.

"Siento que puedo ver el mundo desde aquí", dijo ella.

"Podemos ver una parte del mundo", dijo él. "Y, eso siempre ha sido suficiente para mí".

Ella no respondió, pero continuó observando el suelo debajo, finalmente, sus ojos se posaron en un gran círculo de piedras en medio de la ruina del castillo. Ella lo habría percibido como otro signo de deterioro si esas piedras en particular no parecieran que hubieran sido colocadas tan deliberadamente.

"¿Qué es eso?", Preguntó señalando las piedras y mirando a Llewellyn.

Él no respondió de inmediato. Estaba pensando en la mejor manera de contarle. Él sabía que tenía que hacerlo en algún momento y eso sólo tenía sentido hacerlo aquí. Ahora que estaba más feliz y fuera de casa.

Aún así, respiró dolorosamente antes de decirlo.

"Ahí es donde el ritual de coronación tendrá lugar la próxima semana".

"Ah, ¿De eso es de lo que trata ese misterioso ritual? ¿Una coronación? — Preguntó ella con voz burlona. La sonrisa coqueta que le dio solo sirvió para retorcerle el corazón con más dolor. ¿Cómo podría él decirle sobre la elección que tendría que hacer? ¿Cómo podía decirle lo que estaba en juego para su familia, para su clan?

Bueno, él supuso que era mejor empezar por el principio.

"Hay más que eso", dijo. "Durante este ritual, seré oficialmente el líder del clan. Y, cuando me hagan líder, debo elegir una compañera ".

"¿Una compañera?" Preguntó ella. Aunque tenía que admitirlo, ya tenía una buena idea de lo que eso podría significar.

"Ah, ...una esposa, supongo que lo llamarías así", dijo. "Una vez que la mujer que elija y yo nos emparejemos, estamos destinados a estar juntos de por vida. Es un vínculo sagrado que no podemos romper ".

"Ya veo", dijo ella. Entonces, ¿Llewellyn quería que ella fuera su ... esposa? Era abrumador sin duda. Pero, ella descubrió que esa idea hizo que una sonrisa se deslizara por su rostro. Hizo que su corazón se agitara más de la emoción que de la ansiedad.

"Eso no es todo", dijo él. "Cuando elija a una compañera, tendremos que ... consumar nuestra relación frente a los testigos en el ritual".

"¿Quieres decir que tendrás que tener tu ... noche de bodas ... frente a una audiencia?", preguntó ella

"En esencia, sí", dijo él.

Bueno, esa pregunta hizo las cosas más complicadas. Y, por mucho que le encantara hablar en términos hipotéticos, ya era horan de hablarle francamente sobre su papel en todo esto.

"Y ... supongo que ... ¿por eso me trajiste aquí?", preguntó ella tímidamente.

"Sí y no", dijo sonando reacio. Sus ojos se estrecharon y un confuso ceño frunció sus labios.

"Es porque... no eres de nuestro clan", dijo él. "Mi hermano y varios de los otros piensan que serías mejor... consorte que una compañera".

"¿Consorte?" Preguntó ella. Sin embargo, tenía la sensación de que esto era lo que había escuchado a Llew, su hermano y su madre hablar en la noche en que fue llevada a la mansión.

"Es que", dijo. "Como tenemos tan pocas mujeres, los hombres de nuestro clan necesitan liberar sus impulsos. En épocas anteriores, hemos utilizado a miembros que no pertenecen al clan como consortes para ... satisfacer esas necesidades ".

"Entonces, ¿sería una prostituta?", preguntó. Aunque sabía que ese no era exactamente el término para eso. Esclava sexual sería un término más preciso.

"Si fueras a ser una consorte", dijo "serías esterilizada para que no pudieras tener hijos. Entonces, estarías a merced de todos los hombres del clan para cuando ellos quisieran. Día o noche."

El horror de eso la llenó irrevocablemente. Tanto que miró hacia el suelo y sintió que las lágrimas comenzaban a brotar en sus ojos.

"Alana," dijo suavemente Llewellyn. Él le tocó la barbilla y levantó la mirada para encontrarse con la suya. "Por favor, sabes que no es lo que quiero para ti".

"Entonces la única otra opción", dijo Alana, tragando con fuerza y mirándolo a los ojos. "Es... consumar mi relación contigo... frente a testigos potencialmente hostiles".

"Sé que no es lo ideal", él dijo. "Y, si... si eso tampoco es lo que quieres. Si no quieres ser mi compañera... Supongo que podría encontrar una manera de conseguir que te escabulleras fuera de la mansión. Pero debo advertirte que es probable que el clan te encuentre, sin importar a dónde vayas, y no puedo protegerte allí".

Ella asintió y se apartó de él moviéndose de nuevo hacia el borde de la torre. Su mente seguía dando vueltas. Había soñado, durante semanas, con Llew dominándola, haciéndola suya.

Ahora, ella tenía la oportunidad. Y, lo que es más, también parecía querer eso de ella. Pero... sería su primera vez. Delante de una audiencia. ¿Y si ella vacilaba? ¿Y si ella no era buena en eso?

Aun así, cuando ella pensó en las alternativas, ambas eran demasiado horribles de imaginar. Vivir la vida como esclava de docenas de hombres o abandonar a Llew, y la belleza de este lugar se quedaría atrás para siempre.

"Alana", dijo Llew suavemente, viniendo detrás de ella. Ella dejó escapar un suspiro cuando él le puso una mano suave en el hombro. "¿En qué estás pensando?"

Mientras los últimos rayos de luz del sol se desvanecían detrás de una gran montaña hacia el oeste, ella se volvió hacia él, apenas distinguiendo su rostro en la oscuridad.

"Yo pienso que," comenzó a decir ella lentamente, "dada la elección entre esclava sexual o sexo con un hombre magnífico frente a una audiencia, tomaré esta última".

Él la miró un largo rato como si no pudiera creer lo que acababa de decir. Luego, lentamente, una sonrisa se arrastró por su rostro.

"Además", dijo ella, sonriéndole a su vez. "No quiero irme de aquí. Es el primer lugar en el que me he sentido como en casa durante años".

"Bueno, me alegro de eso", dijo él. "Ahora, está oscuro. Deberíamos volver al castillo".

Él le ofreció la mano que ella tomó con agradecimiento y comenzó a guiarla por los escalones de la torre hacia la mansión.

Mientras se dirigían a la puerta trasera, Llewellyn descubrió que no podía evitar esa sonrisa que se estaba formando en su rostro. Ella iba a ser su compañera. Esta chica. Esta increíble, bella e inteligente joven iba a ser suya para siempre.

Sabiendo esto, fue todo lo que pudo hacer para no envolverla en sus brazos y hacerla suya allí mismo, maldito ritual y la tradición. Su pequeña mano en la suya mientras subían las escaleras y la vista de su espalda en ese vestido rojo mientras una larga trenza oscura caía como una cascada por su espalda no ayudaba en nada para debilitar su deseo de tenerla.

Cuando llegaron a su habitación, ella se volvió hacia él y sonrió.

"Gracias por esta noche", le dijo. "Lo necesitaba."

"Lo sé", respondió él. Tratando de evitar que sus sentidos se llenaran con el aroma de su perfume. "Creo que ambos lo necesitábamos".

Ella sonrió de nuevo y su corazón se detuvo cuando ella se puso de puntillas y le dio un suave y persistente beso en su mejilla. El calor de sus labios contra su piel, el olor de su perfume, hizo que perdiera toda cordura.

Antes de que él supiera lo que estaba haciendo, la agarró por los hombros, la empujó dentro de la habitación y cerró la puerta para luego presionar sus labios desesperadamente contra los de ella.

Alana sintió que su miembro se presionaba contra su pierna a través de la delgada tela de su vestido cuando Llewellyn la empujó contra la madera dura de la puerta.

No había nada suave ni gentil en ese beso. Su lengua empujó con fuerza dentro de su boca como si él estuviera tratando de invadir su alma. Ella gimió cuando sintió que una de sus manos se movía hacia su pecho justo cuando Llew besaba la piel de su cuello.

Él mordisqueó su borde de la mandíbula antes de levantar sus labios para rastrear el lóbulo de su oreja.

"¿Tienes alguna idea de lo que me haces, Alana?", Preguntó. "¿Sabes cuánto tiempo he querido agarrarte y hacértelo hasta que olvides todo lo demás?"

Una oleada de humedad inundó sus partes íntimas mientras se deleitaba con la sensación de sus manos subiendo y bajando por su torso. De repente, supo que quería ser mucho más activa en este proceso, ya que no tenía experiencia y sabía que Llew le enseñaría.

Vacilante, ella llevó su mano a la entrepierna de él y cubrió a su miembro.

El bajo gemido que dejó escapar le dio un poco de victoria. Ella se estiró detrás de su cuello y le dio un breve beso antes de mover sus labios a su oreja.

"¿Por qué no me enseñas?" Preguntó ella.

Con otro gruñido, la empujó contra la puerta mientras su mano continuaba acariciándole el miembro, el cual seguía creciendo bajo sus pantalones.

Llewellyn, movió su mano debajo de su vestido para tocar la parte a través de sus bragas que mas estaba sumergida en el deseo. Incluso sobre la tela, podía sentir lo cálida y húmeda que estaba.

Y era todo para él. Ella le pertenecía.

No, espera. Eso no estaba bien. Ella le pertenecería. Pero, no todavía. No podía serlo hasta el ritual. Los otros miembros del clan sabrían si ella no era virgen cuando él la llevara la noche de luna llena. Lo sentirían como lo había hecho él cuando la conoció.

Si lo hacían, él no sabía lo que podían hacer.

Una vez más, este placer desesperado llegó a su fin con el pensamiento sobrio del deber. Él apartó la mano de sus partes deseosas y la agarró de la muñeca, sacándola de su miembro. Todavía dolorosamente erecto dentro de sus pantalones.

"¿Qué pasa?", Preguntó ella mientras él se alejaba de ella.

"Te lo había dicho", dijo Llewellyn. "No podemos".

"¿Por qué no podemos?" Preguntó ella. "Llew... no lo ves... ¡Quiero esto! ¡Quiero estar contigo!

Eso, casi, rompió su determinación. Al escuchar esas palabras, que ella lo deseaba tanto como él la quería, eran como mil afrodisíacos a la vez.

Ella se puso de puntillas otra vez y lo atrajo hacia ella para darse otro beso. Y a él le tomó toda la fuerza que tenía para alejarla una vez más.

"Todavía no", susurró acercándose a ella. Suavemente, él tomó su rostro entre sus manos y le dio un beso abrasador en la frente. Justo como había hecho su primera noche en la mansión.

Se retiró de la habitación con los ojos todavía fijos en ella. Él no apartó la mirada de ella hasta que se giró para bajar la escalera.

Tan pronto como él se fue, Alana cerró la puerta tan fuerte como pudo en su frustración. Se vistió y se preparó para ir a la cama con la esperanza de que la rutina de esas acciones ahuyentara los pensamientos de Llew. Se alejaría de la excitación que todavía se agitaba dentro de ella.

No lo hizo. Incluso cuando se deslizó en la cama, no pudo evitar recordar la sensación de sus cálidos labios contra su piel. Sus manos suaves contra sus hombros desnudos, el sonido de su voz en su oído. El calor de su piel cuando la tocó justo donde ella necesitaba desesperadamente sentirlo.

Sin pensarlo, extendió la mano por su camisón mientras volvía sobre los pasos que las manos de Llewellyn no habían tomado una hora antes. Cuando cerró los ojos, se imaginó lo que podría haber sucedido si él no se hubiera detenido.

Ella lo imaginó tomando esos dedos firmes y buscando el centro causante de la lujuria. Debajo de las sábanas, con los ojos aún cerrados, ella hizo eso. Dejó escapar un pequeño jadeo de placer cuando sus dedos encontraron su centro y obligó a sus ojos a permanecer cerrados, imaginando que era los dedos de Llewellyn en lugar de los suyos.

Ella lo imaginó presionándola con fuerza contra la pared de esa habitación y empujando sus dos dedos dentro de ella. Dejó escapar un pequeño y agudo grito mientras sus propios dedos seguían las instrucciones de la imagen en su mente.

Ella lo imaginó reemplazando sus dedos con el largo y delgado miembro que había sentido debajo de sus pantalones. Ella lo imaginó tirándola sobre la cama y golpeando dentro y fuera de ella tan rápido que apenas tuvo tiempo de respirar.

Asimismo, la tensión crecía dentro de ella; era todo lo que podía hacer para no gritar por completo en la habitación. Aún así, mantuvo los ojos cerrados mientras imaginaba el sonido de su voz. Su cálido y dulce aliento le hacía cosquillas en la oreja.

"Ven por mí, Alana", dijo en su mente. "Déjame escucharte."

"¡Oh Dios! ¡Llew! —Gritó en la habitación.

Cuando salió de su éxtasis, agotada, sólo pudo rezar para que nadie cercano hubiera escuchado su vergonzosa exclamación.

Y, al apagar la luz para ir a la cama, supo que el ritual de la próxima semana no podría llegar lo suficientemente pronto.

Capítulo Cuatro

El sueño no alivió los pensamientos sobre Llewellyn. Él entró y salió de sus sueños como un espíritu corpóreo. Ella sentiría sus manos tocándola, su boca sobre la de ella, su aliento contra su cuello.

En un punto, el sueño se volvió tan vívido que estaba segura de que no estaba soñando en absoluto. Esto se confirmó cuando abrió los ojos y se encontró muy despierta en su propia habitación.

Despierta, con la mano de un hombre moviéndose lentamente por su pecho y una gran figura que se mantiene sobre ella.

"¿Llew?", Preguntó ella.

La figura se inclinó lo suficientemente cerca como para poder ver su rostro en los débiles rayos de la luz de la luna.

Unos ojos oscuros y desconocidos brillaban sobre ella desde el interior de una cara que apenas reconocía. Le tomó un momento darse cuenta de lo que estaba viendo.

Ciertamente no era Llew.

Alana abrió la boca para gritar, para llamar al resto de la casa, pero, tan pronto como lo hizo, esta figura extrañamente familiar le puso una mano firme contra la boca.

"Un grito y te romperé el cuello",dijo la voz oscura siniestramente.

Sólo después de que él habló, Alana pudo verdaderamente reconocer al hombre delante de ella. Este era Owain, el hermano de Llewellyn.

Ella lo vio sonreír a la luz de la luna que, por alguna razón, parecía más brillante de lo que había sido antes. Volteó la cabeza tanto como la mano en su boca se lo permitió y vio que su ventana estaba abierta. Sin duda, así era como el intruso había entrado en su habitación.

Con su sonrisa aún presente, la mano de Owain continuó su camino por el frente de su camisón. Cuando él se sumergió bajo su ropa, Alana comenzó a patear y gritar instintivamente.

Sus gritos se agudizaron cuando él la tocó a través de sus bragas.

"Veo que ya has comenzado", dijo con una voz horrible y condescendiente cuando tocó la cálida sustancia húmeda todavía presente en su ropa interior.

Cuando él forzó una mano dentro de su ropa interior y alcanzó sus labios, Alana jadeó y le dio una patada instintiva con la pierna. Lo golpeó en su espinilla lo que le hizo quitar la mano de su boca.

"¡Ayuda!" Gritó al instante, mientras salía de debajo de él y saltando de la cama exclamó. "¡Que alguien me ayude!"

"Vuelve aquí, zorra Arefol", gruñó.

Ella sintió que su cabello se tiraba hacia atrás y gritó a todo pulmón en la habitación mientras la tiraba al suelo. Él estaba encima de ella casi de inmediato, agarró su vestido de noche y se lo colocó sobre los muslos.

"Nadie va a pensar en estar contigo después de esto", dijo llevando una mano a sus propios pantalones y comenzando a desabotonarlo.

Otro golpe sonó desde la puerta de su habitación. Y, en un instante, un par de brazos más grandes se deslizaron alrededor del pecho de Owain y lo alejaron de ella.

Cuando Llewellyn hizo que su hermano se pusiera de pie, vio que su madre corría hacia Alana, cuyo vestido de noche había sido desgarrado en un punto estratégico y ahora tenía un moretón en el brazo.

Cuando la chica miró a Llewellyn, con lágrimas en los ojos y una expresión de vergüenza en su rostro, sintió que algo le invadía, algo que no había sentido en mucho tiempo.

Él se volvió hacia su hermano y una ira que no podía controlar brotó dentro de él.

Alana gritó por tercera vez esa noche, cuando el dragón rojo, completamente formado, comenzó a destrozar su habitación.

"Agáchate", dijo la mujer al lado de Alana, "Hasta donde puedas". Sintió un empujón cuando la mujer la movió hacia el espacio que estaba debajo de la cama. Mientras lo hacía, Alana escuchó el sonido de cristales rotos, gruñidos y gritos de animales.

Cuando se atrevió a mirar una vez más, se dio cuenta de que ahora había dos dragones, uno ligeramente más pequeño que el otro, atrapados en una terrible batalla.

Cuando el dragón rojo, más grande, golpeó el ala del dragón más pequeño, la bestia más pequeña dejó escapar un horrible chillido de dolor. Al momento siguiente, la cola del gran dragón se movió tan ferozmente que envió a toda su estantería volando por la ventana abierta.

Otro feroz golpe de cola del gran dragón golpeó al más pequeño directamente en el centro, empujándolo hacia atrás hasta que él también, se cayó por la ventana, gritando y gruñendo hasta que aterrizó en el suelo con un estruendoso choque.

"¡No!" Gritó histéricamente la mujer que estaba al lado de Alana.

Fue el grito de su madre lo que hizo que Llewellyn regresara. Cerró los ojos y sintió que el cambio se deslizaba sobre él. Tan pronto lo hizo, corrió tan rápido como pudo hacia la ventana.

Cuando lo alcanzó, su corazón se detuvo en frío y se quedó quieto como una estatua.

La oscuridad reveló muy poco. Pero, un rayo de luz de luna, desafortunadamente colocado, le dijo a Llew todo lo que necesitaba saber.

Allí, en medio de la hiedra oscura y las flores del jardín de la mansión, yacía su hermano. Muerto.

www.ingramcontent.com/pod-product-compliance
Lightning Source LLC
LaVergne TN
LVHW092059060526
838201LV00047B/1460